ELEGIE

MVSES, dont l'amitié fidelle & genereuse,
N'abandonna jamais la vertu mal-heureuse :
Oronte dont le sort faisoit tant d'enuieux,
Oronte qui sembloit le fauory des Cieux,
Oronte idolatré de la foule importune,
Oronte dont le Cœur surpassa la fortune,
Oronte le premier entre les genereux,
Oronte, vostre Oronte enfin est mal-heureux !
Parlez en sa faueur, & quand l'injuste Enuie,
Ternit d'vn noir venin le lustre de sa vie,
Quand le lasche interest, qui s'accommode au temps,
Appelle ses vertus des deffauts éclatans,
Quand la foible amitié, douteuse, chancelante,
N'en parle qu'à l'oreille & d'vne voix tremblante ;
Chantez comme autres-fois, auec la mesme ardeur,
Ce qu'il aura toûjours de constante grandeur,
Opposez vos Concerts aux vains bruits de l'orage,
Et d'vn Roy magnanime appaisez le courage.
Celuy dont vous plaignez le sort infortuné,
Vous l'auez veu cent fois d'honneurs enuironné,
Qui vous tendoit la main, & préuenant vos plaintes,
Soulageoit les douleurs dont vous estiez atteintes.

D'vn cœur né pour la gloire, & pour les beaux desseins,
Il chercha le merite entre tous les humains.
Quel Art vn peu fameux, quel Nom vn peu sublime
N'a receu quelquesfois des fruits de son estime?
Que n'a point embrassé sa generosité,
Esprit, sçauoir, valeur, sagesse ou pieté?
Et qu'à t'on vû de grand, & de noble, & d'aimable,
Qui n'ait trouué sans cesse Oronte fauorable?
Iamais les mal-heureux implorans son secours
Ne furent rebutez d'vn insolent discours;
Amy de la raison, & touché de ses charmes,
Il ne la veid jamais qu'il ne rendist les armes;
Jamais il ne quita la douce Humanité,
La modeste Pudeur, & la sage Equité.
Mais les discours du Peuple, & le bruit de la France,
Admirant son malheur condamnent sa prudence!
Esprits nez de la terre, à la terre attachez,
Qui ne connoissez rien que ce que vous touchez,
Ie vous voy sans dépit, ainsi que sans enuie,
Suiure les sentimens qui reiglent vostre vie,
Suiuez les, Dieu le veut, & c'est vostre repos:
Mais ce n'est point à vous à juger des Heros,
Vous les connoissez mal, & vostre ame flotante,
En croit aueuglement vne aueugle inconstante.
Quand vn de ces Heros vient la terre honorer,
Ie ne sçay quoy de grand prend soin de l'inspirer,
Ie ne sçay quoy l'esleue au dessus de luy-mesme,
Vne chaisne fatale, vne force supresme,

Vn charme tout puissant, vn genereux poison,
Le force à mespriser la vulgaire raison,
Et desdaignant d'aller par la route commune,
Il hazarde cent fois Cesar & sa fortune;
Puis quand vn beau succez couronne ses desseins,
Il est l'estonnement, & l'amour des humains,
La gloire de ses jours, l'honneur de sa Patrie,
Et des siecles suiuans la juste idolatrie.
Par ce chemin si noble & si peu frequenté,
Oronte n'aspiroit qu'à l'immortalité:
Le Destin l'auoit mis au milieu des richesses,
Mais jamais de son cœur il ne les fit maistresses,
Il n'imita jamais ces auares mortels,
A qui vostre prudence esleue des autels,
Ces ames du commun, ou basses, ou prudentes,
Pareilles aux Fourmis, grosses, noires, rampantes,
Que le peuple Indien admire sur ses bords,
Entassant & gardant les precieux thresors,
Sans auoir autre objet, ô fureur sans seconde!
Que de les desrober à l'vsage du monde.
D'vn esprit esleué negligeant l'auenir,
Il toucha les thresors, mais sans les retenir,
Il en fut le canal, c'est tout ce qu'on peut dire,
Pour les rendre aussi-tost à tout ce vaste Empire:
Pensant à soutenir l'indigente vertu,
A releuer partout le merite abbatu,
A l'éclat des beaux Arts, à l'honneur de la France,
Il ne se reserua que la seule esperance,

Esperance fondée en son cœur, en sa foy,
En son rare genie, aux bontez de son Roy.
Mais son Roy ne le voit que d'vn œil de colere!
Ie me tais, & je sçay que je n'ay qu'à me taire;
Le Ciel qui fait les Rois leur monstre leur deuoir,
Leur donne sa lumiere, ainsi que son pouuoir.
Sage Roy, Iuste Roy, Grand Roy, Roy veritable,
S'il a pû vous desplaire, Oronte est trop coupable:
Mais si dans son erreur, flaté de vos bontez,
Il couroit à sa perte, à pas precipitez,
S'il n'a pû soupçonner vostre juste colere,
S'il brûloit dans le cœur du desir de vous plaire,
Si ce cœur noble & franc, d'vn Zele abandonné,
Tenant tout de vos mains, pour vous eust tout donné,
Si de ce Zele ardent il vous seruit sans cesse,
Pardonnez au pouuoir de l'humaine foiblesse,
Qui mesle nos defauts à nos perfections,
Et la sagesse mesme aux foles passions.
Le Roy de tous les Roys, tout puissant et tout sage,
De qui vostre grandeur est la viuante Image,
De son Trosne esleué regardant les Humains,
Ne voit rien que d'impur aux œuures de leurs mains,
Tout luy paroist damnable, & digne de l'abysme,
Et ses yeux penetrans ne trouuent rien sans crime.
Cent fois dans sa fureur laschant le frein des eaux,
Il nous inonderoit de deluges nouueaux,
Si son Arc dans le Ciel, constant & variable,
Ne luy representoit sa promesse immuable.

Cent fois il hasteroit, helas trop justement!
Le redoutable jour du grand embraZement,
S'il pouuoit reuoquer comme des Loix humaines
Ses Decrets solemnels, & ses Loix souueraines;
Par qui deuant les Temps, deuant Terres ny Mers,
Il regloit le destin du changeant Vniuers.
Cent fois las de souffrir cette race execrable,
Il resout de punir au moins quelque coupable,
Il va le perdre enfin, ce pecheur obstiné,
Il l'a dit, il le veut, l'Arrest en est donné,
La Foudre est en sa main déja toute allumée,
De sa bouche ne sort que flamme & que fumée.
Mais alors ce pecheur d'vn cœur humilié
Se souuient, ah trop tard, qu'il l'auoit oublié,
Il s'accuse, il se hait, & sa propre justice
Le condamne luy-mesme au plus cruel supplice.
Ce n'est pas ce qu'il craint, dans son triste malheur,
Son crime & non sa peine est toute sa douleur.
Non, il n'est point trop tard, attends pecheur, espere,
Ce Dieu dans sa fureur se souuient qu'il est Pere,
Sa fureur disparoit, tes pleurs l'ont desarmé,
Tes fautes l'irritoient, mais tu l'as reclamé.
Apprends à l'auenir, à craindre sa puissance;
Admire ses bontez, adore sa clemence,
Qui te rend, tant son cœur est pitoyable & doux,
Pour des siecles d'offense, vn instant de courroux.
Imitez son exemple, ô Prince magnanime,
Icy le repentir, est plus grand que le crime,

Oronte dans ses fers, priué de tout appuy,
Consumé de douleurs, prest à mourir d'ennuy,
Ne regrette jamais ces esperances vaines,
Qui firent si long-temps son plaisir & ses peines,
Il ne regrette point les thresors deceuans,
L'Encens empoisonné des lasches Courtisans,
Ny la sage Daphné, qu'il rend si miserable,
De ses iours plus serains compagne inseparable.
Ny leurs tendres enfans, de tous abandonnez:
O trop heureux enfans, ou trop infortunez!
Ny ses ingrats amis, ny sa gloire passée;
Son Roy seul irrité reuient en sa pensée.
C'est tout ce qui l'afflige, il ne pense qu'en vous,
Et voudroit bien mourir, mais sans vostre couroux.
Gardez-le ce couroux, mais pour d'autres Victimes,
Mais pour des ennemis plus grands, plus legitimes,
S'il vous faut quelque jour, au gré de vos souhaits,
Apres les fruits entiers d'vne plus longue Paix,
En faueur de l'Hymen pardonnant à l'Espagne,
Ainsi qu'vn fier torrent inonder l'Alemagne;
Puis parmy les fureurs des belliqueux hazards,
Iusqu'au trosne Ottoman poussant vos Etendarts,
Renuerser à vos pieds quiconque à l'insolence,
D'opposer à vos coups sa vaine resistance,
Rompre les escadrons, percer de rang en rang,
Suiuy de larges flots de l'infidelle sang.
Tel qu'vn jeune Lion dans les plaines Numides,
Sort le cœur affamé de nobles homicides,

Et ſuiuant ſa fureur entaſſe par monceaux,
Malgré leurs vains efforts, Chiens, Paſteurs et Taureaux,
Iuſqu'à ce que ſes yeux certains de ſa victoire,
Ne deſcouurent plus rien qui ne marque ſa gloire.
Libre de paſsions & libre d'intereſts,
Ie ne ſuis qu'à demy du rang de vos Sujets,
Mais depuis deux hyuers admirant voſtre vie,
Mon cœur ſe ſent touché d'vne plus noble enuie.
Si ie puis quelque jour d'vn vol audacieux,
M'eſleuer de la Terre, & m'approcher des Cieux;
Si ie puis quelque jour, charmé de vos merueilles,
Montrant à l'Vniuers, apres de longues veilles,
Ce que peut vn eſprit nourry dans les beaux Arts,
Egaler voſtre Hiſtoire à celle des Ceſars,
Ne me deſrobez point ce beau trait de clemence,
Ie l'attens, & mes vœux ſont les vœux de la France.
Mais quand ces vœux ſecrets n'oſent ſe hazarder,
C'eſt ce que voſtre gloire oſe vous demander,
C'eſt ce que vous demande vne troupe affligée,
Qui ne merite pas de ſe voir negligée,
Les Lettres & les Arts, la douce Humanité,
La modeſte Pudeur & la ſage Equité.
Mais vous dont l'amitié fidelle & genereuſe,
N'abandonna jamais la vertu mal-heureuſe,
Muſes, ſi de tout temps vous fuſtes mon amour,
Si pour vous mieux connoiſtre inconnu de la Cour,
Suiuant les ſages Loix de la ſainte Nature,
Ie choiſis vne vie auſsi douce qu'obſcure,

Soit que nous habitions les climats temperez,
Que le paisible Arar fend à pas mesurez,
Où les climats plus froids, & plus voisins de l'Ourse,
Qui du rapide Rhin bornent la longue course,
Chantons incessamment, Oronte est mal-heureux,
Mais il fut le premier entre les genereux,
D'vn cœur né pour la gloire, & d'vn esprit sublime,
Il chercha des humains & l'amour & l'estime,
Il fit de ce tresor son plus riche butin,
Il s'esleua luy-mesme au dessus du destin,
Son nom enuironné d'vn beau rayon de gloire,
Conseruera sa place au Temple de memoire.

FIN.

73

www.ingramcontent.com/pod-product-compliance
Lightning Source LLC
LaVergne TN
LVHW012022170826
845678LV00004BA/1606

* 9 7 8 2 3 2 9 6 2 5 2 5 6 *